MAGASIN THÉATRAL.

CHOIX DE PIÈCES NOUVELLES,

JOUÉE SUR TOUS LES THÉATRES DE PARIS.

THÉATRE DES VARIÉTÉS.

LE TRICORNE ENCHANTÉ,

Bastonnade en un acte.

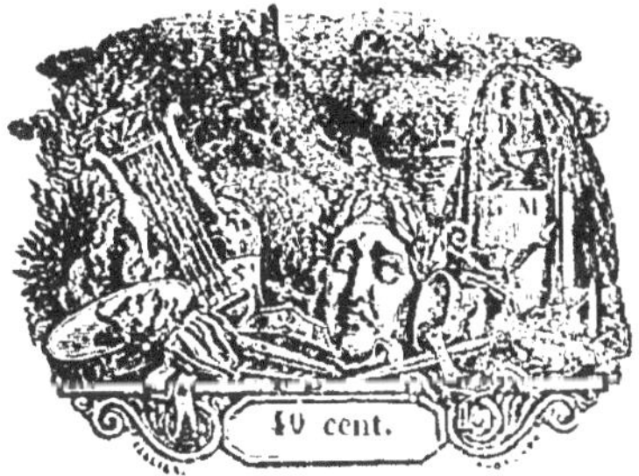

PARIS.

MARCHANT, ÉDITEUR,

Boulevart Saint-Martin, 12.

BRUXELLES.

TARRIDE LIBRAIRE, PASSAGE DE LA COMEDIE.

La réimpression des 27 vol. formant la BIBLIOTHEQUE DE VILLE ET DE CAMPAGNE, entièrement terminée; nous prévenons nos Souscripteurs qu'il paraitra le 1er octobre de [illegible]e année deux nouveaux volumes faisant suite à cette collection; ces volumes comme ceux [illegible]bliés se vendront séparément.

CATALOGUE DES PIÈCES

DE LA

BIBLIOTHÈQUE DE VILLE ET DE CAMPAGNE,

(2me ÉDITION DU MAGASIN THÉATRAL).

ILLUSTRÉE DE GRAVURES SUR BOIS ET DE PORTRAITS D'ACTEURS.

Chaque volume se vend séparément : 3 fr. 50 c.

TOME PREMIER.

- Marino Faliero, tr. 5 a. par C. Delavigne. 50
- L'Homme du siècle, dr. h. 40
- Le Royaume des femmes, f. 30
- Le Sauveur, com. 3 a. 40
- L'Amitié d'une jeune fille, m. 40
- Je serai Comédien, c. en 1 a. 30
- Le Curé Mérino, dr. 5 a. 50
- Antony, d. 4 a. par Al. Dumas 50
- Le Mari d'une muse, com.-v. 30
- Les 4 Ages du Palais-Royal. 40
- Juliette, dr. en 3 a. 40
- Une Dame de l'Empire, c.-v. 30
- La Paysanne demoiselle, v. 40
- Les Liaisons dangereuses, d. 40
- Un de plus, com.-v. 3 a. 40
- Le Doigt de Dieu, dr. 1 a. 30
- L'honneur dans le crime, d. 50

TOME II.

- Catherine Howard, dr. en 5 a. par Alexandre Dumas. 50
- Une Passion, v. 1 a. 30
- La Vénitienne, dr. 5 a. 50
- Théophile, com.-v. 1 a. 30
- Pécherel l'empailleur, v. 30
- Estelle, com.-v. 1 a. 30
- L'Apprenti, v. en 1 a. 30
- Salvoisy, com. en 2 actes. 40
- Lestocq, op.-com. 4 actes. 50
- Turiaf-le-Pendu, v. 1 a. 30
- Un Enfant, dr 4 a. 40
- Le Capitaine Roland c.-v. 30
- La Nappe et le Torchon, c.-v. 40
- Les Duels, com.-v. 3 a. 40
- L'Ambitieux, com. 5 a. 50
- Le Commis et la Grisette, v. 30
- Heureuse comme une princesse 40

TOME III.

- Les Enfans d'Édouard, trag. 40
- Mari de la veuve, A. Dumas. 30
- Les Deux Borgnes, fol.-v. 30
- Prêtez-moi 5 francs, mél. 40
- Le Juif errant, drame fant. 50
- La Lectrice, v. 2 a. 40
- La Famille Moronval, dr. 5 a. 50
- Morin, dr. en 5 a. 50
- Mon Ami Grandet, v. 40
- Le Ramoneur, v. 30
- La vie de Napoléon, sc. ép. 30
- Latude, mél. hist. 50
- La Prima Dona, v. 1 a. 30
- Georgette, v. 30
- Le For-l'Évêque, v. 40
- Frétillon, v. en 5 a. 50
- 1834 et 1835, revue épis. 1 a. 30
- La Fille de l'Avare, v. en 2 a. 50

TOME IV.

- Napoléon, par Al. Dumas. 50
- Atar-Gull, mél. 4 a. 40
- Être aimé ou mourir, c.-v. 30
- Dolly, drame en 3 actes. 40
- Les Chauffeurs, mél. en 3 a. 40
- Les Pages de Bassompierre. 30
- Farinelli, com.-hist. 3 a. 40
- La Nonne sanglante, d. 5 a. 50
- La Marquise, op.-com. 1 a. 40
- Fich-Tong-Kang, v. 1 a. 40
- Mademoiselle Marguerite. 30
- Les Gants jaunes, v. 1 a. 40
- Le Cheval de Bronze, o.-c. 3 a. 40
- Les Beignets à la Cour, c. 1 a. 30
- Le Père Goriot, v. 2 a. 40
- Fleurette, drame 3 a. 40
- Étienne et Robert, v. 30
- Une Mère, dr. 2 a. 40

TOME V.

- Charles VII, tragédie en 5 a. par Al. Dumas. 50
- Mad. d'Egmont, com. 3 a. 40
- La Traite des Noirs, drame. 50
- Karl, drame en 4 actes. 40
- La Croix d'or, com.-v. 2 a. 40
- Jeanne de Flandre, mél. 40
- Une Chaumière et son cœur, 40
- On ne passe pas, vaud. 1 a. 30
- Cornaro, parodie d'Angélo. 40
- Cromwell, drame 5 actes, par Cordelier Delanoue. 50
- Mathilde, com. 3 a. 40
- Ma Femme et mon Parapluie, 30
- La Berline de l'Émig. d. 5 a. 50
- Le Curé de Champaubert, v. 40
- L'Habit ne fait pas le moine, 40
- Marguerite de Quélus, d. 3 a. 40
- Les deux Reines, op.-c. 30

TOME VI.

- Thérésa, d. 5 a. par A. Dumas. 50
- Charlotte, dr. 3 a. 40
- La Consigne, com.-v. 1 a. 30
- Pauvre Jacques c.-v. 1 a. 30
- Madelon Friquet, v. 2 a. 40
- L'Aumônier du régiment, 1 a. 40
- Un Mariage sous l'emp. v. 2 a. 40
- La Pensionnaire mariée, c.-v. 40
- Le Mariage raisonnable, c. 1 a. 30
- La Tirelire, com.-v. 1 a. 40
- La tache de sang, d. 3 a. 40
- La Savonnette impériale, v. 40
- André v. 2 a. 40
- Jean-Jean, parodie en 5 pièc. 30
- La Sonnette de nuit, c.-v. 1 a. 40
- La Fiole de Cagliostro, v. 40
- Infidélités de Lisette, v. 3 a. 40
- Les Enragés, tabl. villageois. 30
- Jérusalem délivrée. 50

TOME VII.

- Angèle, d. 5 a. par Alexandre Dumas. 50
- L'Homme du monde, d. 5 a. 50
- Le Conseil de révision, v. 4 a. 40
- Le Procès du mar. Ney, 4 a. 30
- Valentine, dr.-vaud. 2 actes par Scribe et Mélesville. 40
- Coquelicot v. 3 a. 40
- Pensionat de Montereau. 30
- La Folle, dr. 3 a. 40
- Le Gamin de Paris, c.-v. 2 a. 40
- Le Transfuge, d. en 3 a. 40
- M. et Mme Galochard. 30
- Les Chansons de Désaugiers. 50
- Le Prevôt de Paris, mél. 3 a. 40
- Gilblas, v. 3 a. 40
- Renaudin de Caen, c.-v. 2 a. 40
- Chut ! 2 actes, par Scribe. 40
- Cotillon III, c.-v. 1 a. 40

TOME VIII.

- La Chambre Ardente, d. 5 a. par Mélesville et Bayard. 50
- Le Moine, dr. 4 a. 40
- Héloïse et Abeilard, d. 5 a. 50
- La Laide, d. 3 a. 40
- L'Enfant du Faubourg, v. 3 a. 40
- L'Ingénieur, d. 3 a. par Ch. Duveyrier 40
- La Marq. de Prétintaille, v. 1 a. 30
- Don Juan de Marana, myst. par Alex. Dumas. 50
- Le Démon de la nuit, v. 2 a. 40
- Un Procès criminel, c. 3 a. par Rosier. 50
- Le Comte de Horn, dr. 3 a. 40
- Un Bal du grand monde, v. 1 a. 40
- Le Barbier du Roi d'Aragon 3 a. par Dupeuty, Fontan et Ader. 40
- Reine, Cardinal et Page, v. 30

TOME IX.

- La Vaubalière, dr. 5 a. 50
- Jeanne Vaubernier, c. 3 a. 40
- Indiana, dr. en 5 parties. 50
- Jours gras sous Charles IX, d. par Lockroy et Arnould. 40
- Mistress Sidons, c.-v. 2 a. 40
- Tout ou Rien, dr. 3 a. 40
- Amazampo, dr. 4 a. 6 t. 50
- Christiern, mél. 3 a. 40
- Casanova, v. 3 a. 40
- Georgine, c.-v. 1 a. 30
- Sir Hugues, par Scribe. dr. 40
- Arriver à propos, v. 1 a. 30
- Marie, par Mme Ancelot. 50
- Pierre le Rouge. par de Rougemont, Dupeuty et Antier. 40
- La Femme de l'épicier, v. 1 a. 30
- L'Épée de mon père, v. 1 a. 30

TOME X.

- Kean, drame en 5 actes par A. Dumas. 50
- Père et Parrain, v. 2 a. 40
- Les Deux Divorces, c.-v. 1 a. 30
- Un Cœur de mère c. v. 2 a. 40
- Jaffier, drame en 5 a. 50
- Le Muet d'Ingouville, c.-v. 2 a. 40
- El Gitano, mél. 5 a. 50
- Léon, drame en cinq actes, par Rougemont. 50
- Fils d'un agent de change, 1 a. 30
- Le comte de Charolais, c. 3 a. 40
- Le Mari de la dame de chœurs 50
- Roquelaure, vaud. 4 a. 50
- Madame Favart, com. 3 a par Xavier e Masson. 40
- L'Ambassadrice, op.-c. 3 act. par Scribe. 40

TOME XI.

- L'Année sur la Sellette, rev. 1. 30
- Le Secret de mon oncle, v. 1 a 30
- La Nouvelle Héloïse, dr. 3 a. 40
- Gaspardo, par M. Bouchardy. 50
- La Chevalière d'Éon, v. 2 a. 40
- Le Postillon de Lonjumeau, 40
- Austerlitz, événement hist. 3 a. 40
- Le muet de St-Malo, v. 1 a. 30
- Riche et Pauvre, dr. 5 a. 50
- Stradella, com. 1 a. 40
- La Laitière et les 2 Chasseurs 30
- Huit ans de plus, mél. 3 a. 40
- La Champmeslé, c.-anec. 2 a. 40
- Michel, c.-v. 4 a. 40
- Les sept Infans de Lara, d. 5 a. 40
- Paraviadès, dr. 3 a. 40
- Père et Fils, v. 1 a. 30
- Le Portefeuille ou 2 Familles, 50

TOME XII.

- Riquiqui, com.-vaud. 3 a. 40
- Un grand Orateur, c.-v. 1 a. 30
- Trop heureuse, c.-v. 1 a. 40
- Le Paysan des Alpes, dr. 5 a. 50
- La Vieillesse d'un grand roi, 40
- L'Étudiant et la grande Dame, 40
- La Comtesse du Tonneau, 2 a. 50
- Polly, com.-vaud. 3 a. 40
- Le Bouquet de bal, c. 1 a. 30
- La Vendéenne, c.-v. 1 a. 30
- Julie, com. 5 a. 50
- L'honneur de ma Mère, dr. 5 a. 50
- Eulalie Granger, dr. 5 a. par Rougemont. 50
- Schubry, com.-vaud. 1 a. 30
- L'Ange Gardien, dr.-v. 3 a. 40
- Miel et Vinaigre, c.-v. 1 a. 30
- Femme et Maîtresse, c.-v. 1 a. 30

TOME XIII.

- Un Chef-d'Œuvre inconnu, 40
- Jeanne de Naples, dr. 5 a. 50
- Le Gars, dr. 5 a. 50
- Vouloir c'est Pouvoir, c.-v. 2 a. 40
- Mina, com.-vaud. 2 a. 40
- Le 3me et le 4me, v. 1 a. 30
- Le Père de l'Enfant, c.-v. 2 a. 40
- Sans Nom ! mystère en 1 a. 40
- L'Agrafe, mélod. 3 a. 40
- Le Mari à la ville et la Femme à la campagne, c.-v. 2 a. 40
- Une Fille de l'Air, féerie, 3 a. 50
- Le Château de ma Nièce, c. 1 a. 30
- La Fille d'un Militaire, c. 2 a. 40
- Le Tour de Faction v. 1 a. 30
- La Double Échelle, op.-c. 1 a. 40
- Bruno le Fileur, v. 2 a. 50
- Un Jour de Grandeur, dr. 2 a. 40

TOME XIV.

- Le Tourlourou, vaud. 1 a. 50
- Le Bon Garçon, op.-c. 1 a. 30
- L'Officier Bleu, dr. 3 a. 50
- Portier je veux de tes cheveux! 40
- Rita l'Espagnole, dr. 4 a. 40
- Piquillo, op.-com. 3 a. 40
- Le Café des Comédiens, v. 1 a. 40
- Thomas Maurevert, dr. 5 a. 50
- Pauvre Mère ! dr. 5 a. par Francis Cornu et Auger. 50
- Spectacle à la Cour, c.-v. 2 a. 40
- Le Domino Noir, op.-c. 3 a. par Scribe. 50
- Longue-Épée, dr. 5 a. 50
- Maria Padilla, en 3 a. 40
- Roméo et Juliette, trag. 5 a. par Frédéric Soulié. 50
- La Folie Beaujon, vaud. 30

TOME XV.

- Marquise de Senneterre, c. 3 a. 40
- Caligula, 5 a. par A. Dumas. 50
- L'Île de la Folie, v. 1 a. 30
- La Dame de la Halle, v. 2 a. 40
- Les Saltimbanques, par. 3 a. 50
- A Trente ans, v. 3 actes, par Rosier. 40
- L'Élève de St-Cyr, dr. 5 a. 50
- Marcel, dr. 4 a. 50
- La Maîtresse de Langues, 1 a. 40
- Le Cabaret de Lustucru, 1 a. 40
- L'Interdiction, dr. 2 a. 40
- La Pauvre Fille, mél. 5 a. 50
- Isabelle, com. 3 a. 40
- La Petite Maison, c.-v. 2 a. 40
- La Demoiselle Majeure, v. 1 a. 30
- M. et Mme Pinchon, c.-v. 1 a. 30
- Mlle Dangeville, c.-v. 1 a. 40

TOME XVI.

- Arthur, c.-v. 2 a. 40
- Les Suites d'une faute, d. 5 a. 50
- Les Enfans du délire, v. 1 a. 40
- Matéo, d. 5 a. 50
- Le Mariage en Capuchon, v. 2 a. 40
- A Bas les hommes ! v. 1 a. 40
- La Bourse de Pézénas v. 1 a. 30
- Lord Surrey, dr. 5 actes par Villion et de Josserand. 50
- Simon Terre-Neuve, c.-v. 1 a. 30
- Gaspard Hauser, d. 4 a. par Anicet et Dennery. 50
- Les deux Pigeons, c. v. 4 a. 40
- Mathias l'Invalide, c.-v. 2 a. 40
- Impressions de Voyages, v. 2 a. 40
- Geneviève de Brabant, m. 4 a. 50
- Rafael, d.-c. 3 a. 40
- Faute de s'entendre, c. 1 a. 40

SCÈNE XVI.

LE TRICORNE ENCHANTÉ,

BASTONNADE EN UN ACTE ET EN VERS, MÊLÉE D'UN COUPLET,

PAR MM. THÉOPHILE GAUTIER ET SIRAUDIN, (Paul)

REPRÉSENTÉE POUR LA PREMIÈRE FOIS, A PARIS, SUR LE THÉATRE DES VARIÉTÉS, LE 7 AVRIL 1845.

PERSONNAGES.	*ACTEURS.*	*PERSONNAGES.*	*ACTEURS.*
GÉRONTE	MM. LEPEINTRE jeune.	CHAMPAGNE	NEUVILLE.
VALÈRE	LIONEL.	INEZ	Mmes PITRON.
FRONTIN	LAFONT.	MARINETTE	BRESSAN.

La scène se passe devant la maison de Géronte, sur une place publique.

SCÈNE PREMIÈRE.

FRONTIN, MARINETTE.

FRONTIN, *entrant, à part.*

Quoi! Marinette ici!

MARINETTE, *même jeu.*

Frontin! quelle rencontre!

FRONTIN, *de même.*

La coquine!

MARINETTE, *de même.*

Le drôle!

FRONTIN, *de même.*

Il faut que je me montre.
Elle m'a vu...

Haut.

Bonjour, Marinette.

MARINETTE.

Bonjour,
Frontin... Ce cher ami, le voilà de retour!

FRONTIN.

Oui, d'hier seulement... J'étais à la campagne,
Dans mes terres...

MARINETTE.

Et moi qui te croyais au bagne!

FRONTIN.

Tu me flattes!... Mais, toi, qui donc m'a raconté
Que, faute de château pour passer ton été,

1845

— N'en rougis pas, la chose arrive aux plus hon-
[nêtes!...
Pendant six mois, tu pris l'air... aux Madelonnet-
[tes?

MARINETTE.

D'où je sortis le jour que, par malentendu
Sans doute, en plein marché ton oncle fut pendu ..

FRONTIN.

Hélas! de compagnie avec monsieur ton père...
Quel brave homme! Le ciel l'enviait à la terre,
Si bien qu'il a fallu le mettre entre les deux!
Hi! hi! hi! hi!

MARINETTE.

Cessons des propos hasardeux.
A quoi bon rappeler de semblables vétilles?
Chacun a ses malheurs, et si dans nos familles
Il s'est trouvé parfois de ces rares esprits,
Par des juges mesquins, méconnus, incompris,
Faut-il l'aller crier sur la place publique?
Non, ce n'est pas ainsi qu'entre amis l'on s'expli-
[que!

FRONTIN.

C'est juste. Mais changeons d'entretien. Que fais-tu
Maintenant?

MARINETTE.

Rien qui soit contraire à la vertu.

FRONTIN.

Ah bah!

MARINETTE.

De mes conseils j'aide une demoiselle
Charmante, sur qui pèse une affreuse tutelle

FRONTIN.

Qui donc t'a procuré de bons certificats!

MARINETTE.

Insolent!

FRONTIN.

Là, tout doux! Je fais le plus grand cas
De toi... je plaisantais.

MARINETTE.

Trêve de raillerie!
Sur quel pied, dans ce monde, est votre seigeurie?

FRONTIN.

Je sers un gentilhomme amoureux, — l'animal!
J'ai très-peu de profits; mais j'ai beaucoup de mal.
Il faut tout faire! Ah! si le sort m'avait fait naître
Situé de façon à pouvoir être maître,
Je ne l'aurais pas pris pour valet, à coup sûr!
N'est pas valet qui veut! C'est un métier fort dur:
On exige de nous tant de vertus... pratiques!
Bien des héros seraient de piètres domestiques;
Les maîtres! que feraient sans nous ces marauds-
[là?

MARINETTE.

Mais si quelqu'un au tien allait dire cela...

FRONTIN.

Il n'en ferait que rire; il m'aime. J'ai des vices...

MARINETTE.

Lesquels rendent aux siens de précieux services!

FRONTIN.

C'est vrai! Je suis... adroit; mais il est amoureux,
Et ces deux grands défauts se consolent entre eux!

MARINETTE.

C'est comme moi, Frontin; si j'étais trop naïve,
De quoi donc servirais-je à mon Agnès craintive?

FRONTIN.

Je m'en rapporte à toi pour faire ton devoir,
Marinette... A propos, je voudrais bien savoir
Pour quel motif tu viens, à ces heures sauvages,
Mystérieusement rôder dans ces parages?

MARINETTE.

Ainsi que toi, je suis dans la position,
Cher Frontin, de commettre une indiscrétion;
— Je la commets. — Pourquoi venir ici, vieux
[drôle,
La toque sur les yeux, le manteau sur l'épaule?

FRONTIN.

Réponds, je répondrai.

MARINETTE.

Tu sais qu'en demandant,
L'on n'obtient rien de moi. J'ai des mœurs...

FRONTIN.

Cependant,
Il n'en fut pas toujours ainsi...

MARINETTE.

Fat!

FRONTIN.

Oublieuse!

MARINETTE.

Impertinent!

FRONTIN.

Méchante!

MARINETTE.

Indiscret!

FRONTIN.

Curieuse!

MARINETTE.

Chut! quelqu'un vient.

FRONTIN.

Eh! c'est Champagne, le valet
De Géronte... A-t-il l'air d'un oison!

MARINETTE.

Est-il laid!

SCÈNE II.

LES MÊMES, CHAMPAGNE.

FRONTIN.

Hé! Champagne!

CHAMPAGNE.

Hé! Frontin!

FRONTIN.

Dis-nous comment se porte
Monsieur Géronte?

CHAMPAGNE.

Il va d'une admirable sorte!
A moins qu'on ne l'assomme, il ne mourra jamais.

MARINETTE.

Il est encor très-vert...

CHAMPAGNE.

Un peu jaune.

MARINETTE.

Très-frais...

CHAMPAGNE.

Oui, rempli de fraîcheurs!

MARINETTE.

Très-ingambe.

CHAMPAGNE.

Sans doute,
Quand il a son bâton et qu'il n'a pas sa goutte.

MARINETTE.

Il est, ma foi, très-bien, et je l'aimerais mieux
Qu'un tas de jeunes gens qui font les merveilleux.

FRONTIN.

A quoi s'occupe-t-il, ce digne maître?

CHAMPAGNE.

Il grille,
Verrouille, cadenasse et clôture une fille
Fort jolie; un jeune ange aux yeux perçants et [doux,
Mademoiselle Inez, dont il est si jaloux,
Que pour elle il a fait, malgré sa ladrerie,
Des prodigalités...

FRONTIN.

Bah!

CHAMPAGNE.

De serrurerie!

MARINETTE.

C'est d'un homme prudent et d'un sage tuteur.

FRONTIN.

Et réussit-il?

CHAMPAGNE.

Peu. Le côté séducteur
N'est pas son fort! Il est, pour un objet si rare,
Trop vieux, trop laid, trop sot et surtout trop [avare!

FRONTIN.

Le ciel évidemment ne l'avait pas formé
Pour jouir ici-bas du bonheur d'être aimé.

CHAMPAGNE.

Personne n'a jamais aimé monsieur Géronte.

FRONTIN.

Pas même sa femme?

CHAMPAGNE.

Elle? allons donc!

FRONTIN.

A ce compte...

CHAMPAGNE.

Monsieur Géronte était, sois-en bien convaincu...

FRONTIN.

Ce qu'en terme polis on appelle... trompé!

CHAMPAGNE.

C'était moi qui portais les billets à madame.
Elle est morte; que Dieu veuille prendre son âme!
L'heureux temps! je buvais à tire-larigot,
Et du port des poulets je me fis un magot,
Lequel est dans les mains de Géronte, mon maître,
Qui voulant le garder, me garde aussi peut-être;
Car, de nature, il est lent à rendre l'argent,
Bien qu'à la recevoir il soit fort diligent...
Au reste, il me nourrit plus mal qu'un chien de [chasse,
De mes gages déduit les cannes qu'il me casse
Sur le dos, et m'habille avec de tels lambeaux
Que je fais d'épouvante envoler les corbeaux!
Quel sort! Ah! je suis né sous un astre bien chiche!

FRONTIN.

Si tu veux me servir, moi, je te ferai riche.

MARINETTE.

Et moi, je t'aimerai.

CHAMPAGNE.

Non... je suis vertueux,
Et ne donne les mains à rien de tortueux;
Car, s'il en avait vent, le sieur Géronte est homme
A me mettre dehors en retenant ma somme!

FRONTIN.

Ainsi tu dis non?

CHAMPAGNE.

Oui, je dis non.

FRONTIN, *le battant.*

Ah! gredin!
Ah! marouffle! ah! veillaque! en veux-tu du gour- [din?
En voilà!

CHAMPAGNE.

Aie! aie! aie! on me roue, on m'échine!
Marinette me pince, et Frontin m'assassine!

FRONTIN.

Entre dans mes projets: à tes yeux éblouis
Va rayonner soudain un rouleau de louis.

CHAMPAGNE.

Donne.

FRONTIN.

Sers-moi d'abord.

CHAMPAGNE.

Pour qui me prends-tu?

FRONTIN.

Traître!
Tu veux rester honnête et fidèle à ton maître!
Tiens!...

Il le bat de nouveau.

SCÈNE III.

LES MÊMES, GÉRONTE.

GÉRONTE.

Qu'est-ce? On bat Champagne?

FRONTIN.

Il l'a bien mérité;
Et je voudrais l'avoir encor plus maltraité!

GÉRONTE.

Qu'a-t-il fait?

FRONTIN.

Rien, monsieur, et c'est son plus grand crime.
Un laquais fainéant est indigne d'estime;
Car il est bien prouvé qu'on ne l'engage pas
Pour cracher dans les puits et se croiser les bras.

GÉRONTE.

Mon domestique, oisif! ah! le lâche courage!
Tu me frustres!

CHAMPAGNE.

Monsieur, j'ai fini mon ouvrage.

GÉRONTE.

Recommence-le!

FRONTIN.

Au lieu de garder la maison,
Il boit au cabaret à perdre la raison!

MARINETTE.

Voyez plutôt : le vin illumine sa trogne,
Et sur son nez écrit en couleur rouge : Ivrogne!

CHAMPAGNE.

Si j'ai bu, les poissons dans la Seine sont gris.

GÉRONTE.

Est-ce pour te soûler, goinfre, que je t'ai pris?

CHAMPAGNE.

Je suis à jeun.

FRONTIN, *le poussant.*

Le sol, à son pied qui chancelle,
Semble, par un gros temps, le pont d'une nacelle.

MARINETTE, *même jeu.*

Il ne danserait pas sur la corde, bien sûr!

FRONTIN, *même jeu.*

Pour t'appuyer, veux-tu que je t'apporte un mur?

CHAMPAGNE.

Ne me pousse donc pas!

GÉRONTE.

Sac à vin! brute immonde!

MARINETTE.

En cet affreux état pendant qu'il vagabonde,
Quelqu'un de ces blondins, hirondelles d'amour
Qui rasent les balcons sur le déclin du jour,
N'aurait qu'à pénétrer jusqu'à votre pupille!

FRONTIN.

Quelqu'un de ces gaillards, de morale facile,
N'aurait qu'à se glisser jusqu'à votre trésor!

GÉRONTE.

Ciel! que dites-vous là? Ma pupille! mon or!
Les galants, les voleurs! Ah! j'en perdrai la tête!
Je te chasse, brigand!

CHAMPAGNE.

Monsieur, je vous répète
Que...

GÉRONTE.

Pas un mot de plus ou j[illegible]mme!

CHAMPAGNE.

Au moins,
Rendez-moi mon argent.

GÉRONTE.

Tu n'as pas de témoins :
Ton argent? pour les frais de dépôt, je le garde.
Sors d'ici, scélérat!

Tous tombent sur Champagne.

CHAMPAGNE, *se sauvant.*

Au secours! à la garde!

SCÈNE IV.

GÉRONTE, FRONTIN, MARINETTE.

GÉRONTE.

Me voilà délivré de ce fieffé vaurien!
Il aura beau crier, je ne lui rendrai rien;
Car comment a-t-il pu, même étant économe,
Moi ne le payant pas, amasser cette somme?

FRONTIN.

Il vous a détroussé.

MARINETTE.

C'est limpide.

FRONTIN.

L'argent
Du drôle est vôtre. Un maître un peu moins indulgent
L'enverrait, sur la mer, écrire avec des plumes
De quinze pieds, coiffé, dans la crainte des rhumes,
D'un superbe bonnet du rouge le plus vif!

MARINETTE.

Vous tromper, c'est affreux! Vous, si bon! si naïf!

GÉRONTE.

Je suis assez vengé, si je n'ai rien à rendre,
Et j'aime autant qu'il aille ailleurs se faire pendre.

FRONTIN.

Très-bien! mais vous voilà sans valet maintenant.

GÉRONTE.

Sans valet, tu l'as dit. O revers surprenant!
Un homme comme moi sans valet! Quelle honte!

FRONTIN.

De ses augustes mains, certes, monsieur Géronte
Ne peut pas, aux regards des voisins ébaubis,
Peindre en noir sa chaussure et battre ses habits.

GÉRONTE.

Non; l'on ferait sur moi cent brocards, cent risées.

MARINETTE.

Qui suifera, le soir, vos boucles défrisées?

GÉRONTE.

Dans quel gouffre de maux suis-je tombé, grand Dieu!

MARINETTE.

Qui viendra, le matin, vous allumer du feu?

GÉRONTE.

Je me sens affaissé... la tristesse me gagne;
Ah! Champagne, mon bon, mon fidèle Champagne,
Tu me manques!

FRONTIN.

Un sot!

MARINETTE.

Un ivrogne!

FRONTIN.

Un voleur!

GÉRONTE.

D'accord; mais s'il volait, j'étais le receleur;
Et désormais, le fruit de ses... économies,
Il le déposera dans des mains ennemies.

FRONTIN.

C'est vraiment douloureux; mais, puisqu'il est chassé,
N'y pensez plus.

GÉRONTE.

Par qui sera-t-il remplacé?
Hélas!

FRONTIN.

Par moi.

MARINETTE.
Par moi.
GÉRONTE.
Frontin ou Marinette?
Quel choix embarrassant!
FRONTIN.
Monsieur, je suis honnête,
Actif, intelligent, mangeant peu, buvant moins.
MARINETTE.
Pour un maître, monsieur, j'ai mille petits soins:
Je bassine son lit, je chauffe ses pantoufles,
Je lui tiens son bougeoir, je lui fais...
FRONTIN.
Tu t'essouffles,
Ma chère! Laisse-moi la parole un moment.
Si je m'offre, monsieur, c'est par pur dévoûment;
Je ne veux rien de vous, rien, ou fort peu de chose:
Vingt écus!
GÉRONTE.
Ce garçon plaide fort bien sa cause.
Je te prends.
MARINETTE.
Quinze écus, et l'honneur d'être à vous,
De mes peines seront un loyer assez doux;
Car je sers pour la gloire.
GÉRONTE.
Elle est, ma foi, gentille;
J'aime sa bouche en cœur et son œil qui scintille.
Je te prends.
FRONTIN.
Dix écus, monsieur, me suffiront.
GÉRONTE.
Je te retiens.
MARINETTE.
Monsieur, ne soyez pas si prompt.
Je tiens plus, près d'un maître, aux égards qu'au [salaire.
Donnez-moi cinq écus, et je fais votre affaire.
GÉRONTE.
C'est conclu, Marinette.
FRONTIN.
Une minute; moi,
Je ne demande rien du tout!
GÉRONTE.
Alors, c'est toi
Que je choisis.
MARINETTE.
Je fais de plus grands avantages:
Au lieu de moi, c'est vous qui recevrez des gages,
Et je vous donnerai cent pistoles par an!
GÉRONTE.
Ce mode est le meilleur. Marinette, viens-t'en.
FRONTIN.
J'offre deux cents!
MARINETTE.
Trois cents!
FRONTIN.
Les profits!
MARINETTE.
La défroque.
GÉRONTE, *à part.*
Tant de zèle à la fin me paraît équivoque;
Et quel but peut avoir un tel acharnement?
MARINETTE.
Ne vous empêtrez pas d'un pareil garnement.
FRONTIN.
Par bonté d'âme il faut que je vous avertisse...
MARINETTE.
Vous allez, avec lui, prendre à votre service
Une collection de penchants dissolus.
FRONTIN.
Elle a tous les défauts, et quelques-uns de plus!
GÉRONTE.
Au fait, elle a bien l'air d'une franche coquine.
FRONTIN.
C'est sa seule franchise.
MARINETTE.
Et lui, voyez sa mine,
Son œil d'oiseau de proie et son teint basané:
C'est un coupe-jarret authentique et... signé!
GÉRONTE.
Marinette, Frontin, je vous crois l'un et l'autre;
Et, sur chacun de vous, mon avis est le vôtre.
Mon choix, entre vous deux, hésite suspendu;
Aussi, tout bien pesé, bien vu, bien entendu,
J'aime encor mieux Champagne, et vais à sa re- [cherche
Dans le cabaret louche où d'ordinaire il perche.
Il sort.

SCÈNE V.

MARINETTE, FRONTIN.

FRONTIN.
Diantre! le vieil oison s'envole effarouché!
MARINETTE.
Frontin, ai-je été sotte!
FRONTIN.
Ai-je eu l'esprit bouché,
Marinette!
MARINETTE.
D'abord, j'aurais dû te comprendre.
FRONTIN.
Et nous nous sommes nui, faute de nous entendre!
MARINETTE.
J'ai défait ton ouvrage.
FRONTIN.
Et moi, détruit le tien.
MARINETTE.
Au lieu de nous prêter un mutuel soutien!
FRONTIN.
C'est trop de deux fripons pour la même partie.
MARINETTE.
Toujours par l'un des deux la dupe est avertie.
FRONTIN.
Jouons cartes sur table, et parlons sans détour.
Tu machinais ici pour des choses d'amour?
MARINETTE.
Sans doute; — comme toi?

FRONTIN.

Tu venais pour l'amante?

MARINETTE.

Oui;—toi, pour l'amant?

FRONTIN.

Oui.

MARINETTE.

La rencontre est charmante!

FRONTIN.

Pour Inez?

MARINETTE.

Pour Valère?

FRONTIN.

Assez! embrassons-nous!
Unissons nos moyens et concertons nos coups!

SCÈNE VI.

LES MÊMES, VALÈRE.

FRONTIN.

Mais j'aperçois de loin venir monsieur Valère,
Mon nouveau maître.

MARINETTE.

Il a tout ce qu'il faut pour plaire,
Beauté, jeunesse...

FRONTIN.

Oui, tout, hormis l'essentiel :
L'argent.

A Valère.

Qu'apportez-vous?

VALÈRE.

Pas un sol.

FRONTIN.

Terre et ciel!
A quoi vous sert d'avoir un onde ridicule?

VALÈRE.

Sois plus respectueux pour Géronte.

FRONTIN.

Scrupule
Touchant! Un oncle affreux qui vous laisse nourrir
Par les juifs, et s'entête à ne jamais mourir!

VALÈRE.

Il m'a déshérité.

FRONTIN.

C'est différent : qu'il vive!

VALÈRE.

Et toi, qu'as-tu fait?

FRONTIN.

J'ai dans l'imaginative
Certain tour fort subtil, d'un effet assuré.

VALÈRE.

Raconte-moi la chose.

FRONTIN.

Oh non! Je suis muré,
Le secret est beaucoup dans un tel stratagème,
Et vous ne saurez rien que par le succès même.

Inez paraît à son balcon.

SCÈNE VII.

LES MÊMES, INEZ, *au balcon*.

MARINETTE.

Monsieur, de ce côté, veuillez tourner les yeux;
C'est Inez qui paraît.

VALÈRE.

Je vois s'ouvrir les cieux!

FRONTIN.

Des cieux!—Une fenêtre à carreaux vert-bouteille!

VALÈRE.

L'Aurore resplendit souriante et vermeille...

FRONTIN.

L'Aurore se met donc au balcon, ce matin?

VALÈRE.

Faisant pâlir la rose à l'éclat de son teint!

FRONTIN.

Pardon, monsieur.—Ce style est trop métaphorique,
Et vous perdez le temps en fleurs de rhétorique;
L'occasion est femme, et ne nous attend pas...
Marinette, aux aguets cours te mettre là-bas,
—Au pied du mur, je vais faire la courte échelle,
Afin de vous hausser jusques à votre belle.

VALÈRE.

Comment payer...

FRONTIN.

Plus tard, quand vous serez en fonds!

VALÈRE.

Frontin, ô mon sauveur!

FRONTIN.

Allons, vite grimpons!
Une! deux!

VALÈRE, *sur le dos de Frontin.*

M'y voilà!

FRONTIN.

Tenez-vous au balustre.

VALÈRE, *à Inez.*

Pour s'élever à vous, il faudrait être illustre,
Inez, être le fils des rois ou des héros!

FRONTIN.

Il suffit d'un Frontin, qui vous prête son dos...

VALÈRE.

Je sens tout mon néant et toute ma misère!
Je n'ai rien, je le sais, qui soit fait pour vous plaire;
Mais vos yeux, à la fois charmants et meurtriers,
Ont des traits à percer les plus durs boucliers.
Ne vous offensez pas des soupirs qui s'échappent
Du sein des malheureux que, par mégarde, ils frappent;
Ne vous offensez pas d'un téméraire espoir,
Et ce cœur tout à vous, daignez le recevoir!

INEZ.

Le pardon est aisé, quand l'offense est si douce!

VALÈRE.

Croyez que mon amour...

A Frontin.

Diantre! quelle secousse!
J'ai failli choir!

FRONTIN.

Monsieur, vous pesez comme un plomb...
Achevez, et, pour Dieu, ne soyez pas si long!

INEZ.

Valère, je vous crois; Valère, je vous aime;
Je vous l'avoue ici beaucoup trop vite même;
Mais la gêne où je vis excuse cet aveu,
Qu'une autre moins gardée eût fait attendre un peu.
Ces vieux barbons jaloux, avec toutes leurs grilles,
A ces extrémités forcent d'honnêtes filles!

VALÈRE.

Votre franchise, Inez, augmente mon respect.

MARINETTE.

Garde à vous, un objet monstrueux et suspect
S'avance à l'horizon.

FRONTIN.

Vite qu'Inez se penche;
Dressez-vous et baisez le bout de sa main blan-[che.

MARINETTE.

C'est Géronte!

FRONTIN.

Abrégeons.

INEZ.

Adieu, Valère, adieu!

FRONTIN.

Nous autres, maintenant, changeons d'air et de [lieu!

Ils sortent.

SCÈNE VIII.

GÉRONTE, *seul.*

Quel est donc le fossé, quelle est donc la muraille
Où gît, cuvant son vin, cette brave canaille?
O Champagne! es-tu mort? As-tu pris pour cer-[cueil
Un tonneau défoncé de Brie ou d'Argenteuil?
Modèle des valets, perle des domestiques,
Qui passais en vertus les esclaves antiques,
Que le ciel avait fait uniquement pour moi,
Par qui te remplacer, comment vivre sans toi?
—Parbleu! si j'essayais de me servir moi-même!
Ce serait la façon de trancher le problème.
Je me commanderais et je m'obéirais;
Je m'aurais sous la main, et quand je me voudrais,
Je n'aurais pas besoin de me pendre aux sonnettes.
Nul ne sait mieux que moi que j'ai des mœurs hon-[nêtes!
Que je me suis toujours conduit loyalement;
Ainsi donc je m'accepte avec empressement.
Ah! messieurs les blondins, si celui-là me trompe,
Vous le pourrez aller crier à son de trompe!
J'empocherai votre or, et me le remettrai:
Vos billets pleins de musc, c'est moi qui les lirai...
D'ailleurs, je prends demain, qu'on me loue ou me [blâme,
Mademoiselle Inez, ma pupille, pour femme.
Elle me soignera dans mes quintes de toux,
Et, près d'elle couché, je me rirai de vous,
Les Amadis transis, les coureurs de fortune,
Gelant sous le balcon par un beau clair de lune!
Et quand j'apercevrai mon coquin de neveu,
De deux ou trois seaux d'eau j'arroserai son feu...

SCÈNE IX.

GÉRONTE, VALÈRE.

GÉRONTE.

Eh quoi! c'est vous encor?

VALÈRE.

Mon oncle, je l'avoue,
C'est moi.

GÉRONTE.

Vos pieds prendront racine dans la boue;
Au même endroit planté vous restez trop long-[temps,
Mon cher, et vous aurez des feuilles au printemps!

VALÈRE.

Je venais pour...

GÉRONTE.

C'est bien; allez-vous-en!

VALÈRE.

De grâce!

GÉRONTE.

Pas de grâce!

VALÈRE.

Mon oncle! ah! que je vous embrasse!

GÉRONTE.

Non! non! quel embrasseur que monsieur mon ne-[veu!

VALÈRE.

Mon oncle, il faut qu'ici je vous fasse un aveu...

GÉRONTE.

Je refuse l'ouïe à tout aveu!

VALÈRE.

Mon oncle!...

GÉRONTE.

Au beau milieu du nez qu'il me pousse un furon-[cle,
Si j'écoute jamais rien de ce que tu dis!...
Je t'ai déshérité; de plus, je te maudis!...

VALÈRE.

J'aime...

GÉRONTE.

Jeune indécent, quel mot cru! Sur ma nuque
Vos impudicités font rougir ma perruque!

VALÈRE.

Oui, j'aime Inez...

GÉRONTE.

Assez! Si je vous vois encor
Dans ces lieux... Regardez ce jonc à pomme d'or!

Valère s'éloigne. Entre Frontin, qui échange avec lui un signe d'intelligence.

VALÈRE.

Mon oncle, vous avez des façons violentes.

GÉRONTE.

Décampe... j'ai les mains de colère tremblantes.

VALÈRE.

Calmez-vous.... je m'en vais.... Maintenant mon [destin
Dépend de l'heureux sort des ruses de Frontin.

SCÈNE X.

GÉRONTE, FRONTIN.

FRONTIN, *à part.*

Décidément Géronte est un oncle farouche.
Vieillard dénaturé, puisque rien ne te touche,
Je m'en vais te donner une bonne leçon,
Et te servir tout chaud un plat de ma façon...

Haut et s'avançant.

Monsieur, qu'avez-vous donc? vous avez l'air tout [chose!

GÉRONTE.

J'étrangle de colère.

FRONTIN.

Et le pourquoi?

GÉRONTE.

La cause
Qui peut faire passer de l'écarlate au bleu
Un oncle modéré, quelle est-elle?

FRONTIN.

Un neveu.

GÉRONTE.

Sous prétexte qu'il est un peu fils de mon frère,
Ce Valère maudit me damne et m'exaspère.

FRONTIN.

Heureux, trois fois heureux, qui n'a pas de parents!

GÉRONTE.

Sous le balcon d'Inez tous les jours je le prends,
Brassant quelque projet, dressant quelque ma- [chine...

FRONTIN.

La tulipe se plaît aux vases de la Chine,
La marguerite aux prés, la violette aux bois,
L'iris au bord des eaux, la giroflée aux toits;
Mais la fleur qui le mieux vient sous une fenêtre,
C'est un amant; Inez l'a remarqué, peut-être.

GÉRONTE.

Je saurai nettoyer et sarcler le terrain...
Mais, Frontin, couvre-toi; tu prendras le serein,
Si tu restes ainsi sans chapeau dans la rue.

FRONTIN.

Si je mets mon chapeau, j'échappe à votre vue,
Je m'éclipse...

GÉRONTE.

Comment?

FRONTIN.

Je disparais tout vif!

GÉRONTE.

Que me chantes-tu là?

FRONTIN.

Rien que de positif.
Avec attention examinez ce feutre.

GÉRONTE.

Il est d'un poil douteux et d'une teinte neutre.

FRONTIN.

Dites qu'il est *déteint*, bossué, crasseux, gras;
Que le soleil, la pluie et les ans l'ont fait ras;
J'en conviens. Mais jamais sur la terre où nous [sommes,
Depuis les temps anciens que se coiffent les hommes,
Bien qu'il soit déformé, sans ganse et tout roussi,
Il n'exista chapeau pareil à celui-ci!

GÉRONTE.

J'en ai vu d'aussi laids, mais non pas de plus sales!

FRONTIN.

D'où pensez-vous qu'il vienne?

GÉRONTE.

Eh! des piliers des Halles!

FRONTIN.

Fi donc! c'est le chapeau de Fortunatus.

GÉRONTE.

Çà?

FRONTIN.

Çà! le chapeau qui rend invisible. Il passa
Dans mes mains par un tas de hasards incroyables,
D'événements trop vrais pour être vraisemblables.

GÉRONTE.

Quand on a ce chapeau sur la tête, dis-tu,
Personne ne vous voit?

FRONTIN.

Oui, telle est sa vertu.

GÉRONTE.

J'ai confiance en toi... Mais je ne puis te croire:
Un tel prodige veut une preuve notoire.

FRONTIN.

Vous l'aurez.

GÉRONTE.

Sur-le-champ?

FRONTIN.

Tenez, regardez-bien...

GÉRONTE.

Oui... oui...

FRONTIN, *passant derrière Géronte, et le tenant par la basque de son habit.*

Le tour est fait. — Que voyez-vous? [Plus rien.

GÉRONTE.

Où donc est-il passé? C'est incompréhensible!

FRONTIN, *même jeu.*

Nulle part; je suis là, devant vous, invisible.

GÉRONTE.

Il faut que je te trouve absolument.

FRONTIN, *même jeu.*

Cherchez,
Gros homme!

GÉRONTE.

Je n'ai pas pourtant les yeux bouchés.

FRONTIN, *même jeu.*

Je le lui donne en cent. Je le tiens par la basque
De son habit! Monsieur, vous courez comme un [Basque,
Ménagez-vous.

GÉRONTE.

Prodige étrange à concevoir!
Il est là qui me parle et je ne puis le voir!
Où donc es-tu, Frontin? A gauche?

FRONTIN, *même jeu.*

Non, à droite.

GÉRONTE.

Par ici?

FRONTIN, *même jeu.*

Non, par là.—Va, marche: je t'emboîte!

GÉRONTE.

Ouf! je suis tout en nage!

FRONTIN.

Êtes-vous satisfait?
Êtes-vous convaincu pleinement?

GÉRONTE.

Tout à fait.

FRONTIN.

Or ça, reparaissons.

Il passe devant Géronte.

GÉRONTE.

Je te vois à merveille.

FRONTIN.

Pardieu!

GÉRONTE.

C'est étonnant. Je ne sais si je veille
Ou si je dors.—Veux-tu me donner ce chapeau?

FRONTIN.

Je voudrais bien, monsieur, vous en faire cadeau;
Mais, vraiment, je ne puis... Ce chapeau c'est mon [gîte,
Ma cave, ma cuisine...

GÉRONTE.

Il te sert de marmite?
Je ne suis plus surpris alors qu'il soit si gras!
Fait-il de bon bouillon?

FRONTIN.

Vous ne comprenez pas.
Quand l'heure du dîner me carillonne au ventre,
J'enfonce mon castor jusqu'au sourcil, et j'entre
Chez quelque rôtisseur, invisible pour tous.
Là, parmi les poulets, colorés de tons roux,
J'avise le plus blond, je le prends et le mange
Les pieds sur les chenets, où nul ne me dérange.
Puis, au bouchon voisin, pour arroser mon rôt,
Je sable du meilleur, sans payer mon écot.

GÉRONTE.

C'est merveilleux!

FRONTIN.

J'en use avec la friperie
Comme avec la taverne et la rôtisserie.
Demandez-moi mes yeux, demandez-moi ma peau,
Ma femme, mes enfants, mais non pas mon chapeau.

GÉRONTE.

De ce feutre coiffé, qu'il me serait facile
De savoir ce que font Valère et ma pupille!

FRONTIN.

Pour un tuteur hors d'âge, amoureux et jaloux,
Ce moyen est plus sûr que grilles et verrous.
Avec un tel trésor, plus de ruse possible;
Devant le criminel vous surgissez, terrible,
Au moment périlleux, sans que l'on sache d'où,
Comme un diable à ressort qui jaillit d'un joujou!

GÉRONTE.

Je te l'achète.

FRONTIN.

Non.—Vous êtes trop avare!
Ce feutre me fait roi de France et de Navarre,
Et vous m'en offririez des prix déshonorants.

GÉRONTE.

Cent écus, est-ce assez?

FRONTIN.

C'est peu... mais je les prends.

GÉRONTE.

Je voudrais bien avant de te donner la bourse,
Essayer...

FRONTIN.

Comment donc!

GÉRONTE, *à part, mettant le chapeau.*

Je vais prendre ma course,
Et j'aurai le chapeau sans qu'il m'en coûte un sou!
Il ne me verra pas.

FRONTIN, *à part.*

J'ai compris, vieux filou!

Haut.

Ah! monsieur, c'est très-mal de frustrer un pauvre [homme!
Une telle action me renverse et m'assomme;
C'est affreux... Il ne peut encore être bien loin;
Afin de le trouver, bâtonnons chaque coin;
Tapons, faisons des bleus sur le dos de l'espace;
Dans notre moulinet il faudra bien qu'il passe!
Frappons à tout hasard... Pan! pan! pan... pif! [paf! pouf
En long, en large, en haut, en bas, en travers...

GÉRONTE.

Ouf!...
Ah! la cuisse! ah! le bras! ah! le dos! ah! l'épaule!

FRONTIN.

Je m'escrimerai tant du bout de cette gaule,
Que je l'attraperai.—Si je ne le vois pas,
Je l'entends qui renifle et geint à chaque pas...

A part.

D'un revers de bâton faisons cesser le charme.

Il fait tomber le chapeau.

GÉRONTE, *à part.*

Je suis tigré, zébré!

FRONTIN.

Ça, déposons notre arme.
Votre éclipse m'avait vraiment inquiété;
Je vous cherchais partout. Vous aurais-je heurté?

GÉRONTE.

Nullement.

FRONTIN.

J'aurais pu vous faire quelque bosse.

GÉRONTE, *à part.*

Je suis dur. Je payerai quelqu'un pour qu'il te rosse,
Assassin!

FRONTIN, *lui présentant le chapeau.*

Achevons promptement le marché.
Nous sommes confiants... Quand vous aurez lâché,
Je lâcherai.

GÉRONTE, *lui donnant une bourse.*

C'est fait.

FRONTIN.

Heureux mortel! Le monde
Est à vous maintenant, moins cette bourse ronde.

Il l'empoche.

Vous êtes comme l'air : vous entrez en tout lieu;
Homme ! vous possédez la science d'un dieu!
Rien ne vous est caché, vous lisez dans les âmes,
Et, ce que nul n'a fait, vous connaissez les femmes...
Marinette à propos se dirige vers nous ;
Disparaissez, je vais la confesser sur vous.

Géronte se coiffe du chapeau.

SCÈNE XI.

LES MÊMES, MARINETTE.

FRONTIN.

Qu'as-tu donc, mon enfant?

MARINETTE, *feignant de ne pas voir Géronte.*

Je n'ai rien.

FRONTIN.

Si; ta mine
Qu'un sourire joyeux d'ordinaire illumine,
Est lugubre, aujourd'hui, comme un enterrement;
On dirait que tu viens de perdre ton amant.

MARINETTE, *même jeu.*

Pour le perdre, il faudrait l'avoir eu... Je suis sage,
Et n'admets que soupirs tendant au mariage,
Frontin!

GÉRONTE, *à part.*

Où diable va se nicher la vertu?

FRONTIN.

Mais alors, d'où te vient cet air morne, abattu?

MARINETTE, *même jeu.*

D'une toute autre cause. A me flatter trop prompte,
J'avais l'espoir de plaire au bon monsieur Géronte,
Et d'entrer, pour tout faire, en service chez lui...
Tu sais le résultat, et j'en ai de l'ennui.

GÉRONTE, *même jeu.*

Je suis vraiment fâché de ne l'avoir pas prise.

MARINETTE, *même jeu.*

Maintenant, il est seul. Qui le coiffe et le frise?
Qui lui met sa cravate et lui cherche ses gants?
Moi, j'aurais eu pour lui tous ces soins fatigants,
Et je l'aurais choyé comme une fille un père!

GÉRONTE, *même jeu.*

Ce que je n'ai pas fait, je puis encor le faire.

MARINETTE.

C'est un homme si doux, si poli, si charmant!

FRONTIN.

Je ne partage pas du tout ton sentiment.
Un vieux...

GÉRONTE, *bas à Frontin.*

Comment!

FRONTIN.

Laid, sot...

GÉRONTE, *même jeu.*

Gredin!

FRONTIN.

Acariâtre...

GÉRONTE, *de même.*

Bandit!

FRONTIN.

Crasseux!...

GÉRONTE, *de même.*

Je vais te battre comme un plâtre,
Si...

FRONTIN, *bas à Géronte.*

C'est pour l'éprouver, monsieur; tenez-vous coi!
Tu le trouves donc bien?

MARINETTE.

Il a je ne sais quoi
De franc, d'épanoui, qui me plaît et m'enchante.
Ah! que de le servir j'aurais été contente!

GÉRONTE, *à part.*

Quel bon cœur! Je me sens le coin de l'œil mouillé,
Et, par l'émotion, j'ai le nez chatouillé.

Il éternue.

MARINETTE.

J'entends éternuer, et je ne vois personne!

GÉRONTE.

C'est moi qui...

MARINETTE.

Mais quelle est cette voix qui résonne?
Un fantôme, un esprit...

GÉRONTE.

Eh! non; c'est moi.

MARINETTE.

Qui donc?

GÉRONTE.

Géronte.

MARINETTE.

Et votre corps, où donc est-il?

FRONTIN, *décoiffant Géronte.*

Pardon!
Monsieur, vous oubliez que pour être visible
Il faut vous décoiffer.

MARINETTE.

Ah! quelle peur horrible,
Monsieur, vous m'avez faite.

GÉRONTE.

Allons, rassure-toi;
Je vais en quatre mots dissiper ton effroi :
Ce chapeau, qu'il suffit d'ôter et de remettre,
Me fait à volonté paraître et disparaître!

MARINETTE, *à part.*

Feignons d'être timide et jouons l'embarras.

GÉRONTE.

La place que tu veux, mon enfant, tu l'auras.

MARINETTE.

Vous étiez là, monsieur? Vous m'avez entendue?...
Le trouble... la pudeur... Ah! je suis confondue!

GÉRONTE.

Ton dévoûment pour moi s'est fait connaître ainsi.

FRONTIN.

Pendant que nous voilà, si nous tentions aussi,
Avec ce talisman, une autre expérience,
Pour savoir ce qu'Inez sur votre compte pense?

GÉRONTE.

Pourquoi faire, Frontin? Je ne suis pas aimé!

FRONTIN.

Si, vous l'êtes. Le cœur est un livre fermé;
Il faut qu'il soit ouvert pour qu'on y puisse lire.

MARINETTE.

Voulez-vous qu'une femme aille d'abord vous dire
Les feux dont en secret elle brûle pour vous?

GÉRONTE.

Mais elle m'a vingt fois refusé pour époux!

FRONTIN.

Et vous vous arrêtez à de telles vétilles?
Le véritable sens du non des jeunes filles,
C'est oui!

MARINETTE.

Monsieur, je suis de l'avis de Frontin :
Mademoiselle Inez vous aime, c'est certain.

GÉRONTE.

Prends ma clef, Marinette; ouvre, entre et fais en [sorte,
Sous un prétexte en l'air, que ma pupille sorte.

Marinette entre dans la maison.

SCÈNE XII.

GÉRONTE, FRONTIN.

FRONTIN.

Grace à votre chapeau, triomphant et vainqueur,
Vous lirez votre nom dans ce cher petit cœur.

GÉRONTE.

Je tremble d'y trouver Valère en toutes lettres!

FRONTIN.

Les femmes n'aiment pas ces frêles petits-maîtres...
Mais les voici... Mettez vite votre chapeau.

SCÈNE XIII.

LES MÊMES, INEZ, MARINETTE.

MARINETTE, *à Inez.*

Faisons deux ou trois tours dehors. Il fait si beau!

INEZ.

Je le veux bien; je sors si rarement.

MARINETTE.

Valère
Est peut-être par là.

INEZ.

Lui! s'il voulait me plaire,
Il devrait bien cesser ses importunités;
Il est pour ses soupirs assez d'autres beautés,

MARINETTE.

J'avais jusqu'à présent pensé, mademoiselle,
Que vous récompensiez son feu d'une étincelle?

INEZ.

Je faisais à ses soins un accueil assez doux.
Faut-il se gendarmer et se mettre en courroux,
Pour les efforts que fait à nous être agréable
Un jeune homme galant et de figure aimable?

GÉRONTE, *à lui-même.*

Certainement!

FRONTIN, *bas.*

Monsieur, ne criez pas si fort.

INEZ.

Il me plaisait assez.

GÉRONTE, *à Frontin.*

Soutiens-moi, je suis mort!

INEZ.

Mais, depuis, j'ai bien vu que ses galanteries
N'étaient que faux semblants et pures tromperies.

GÉRONTE, *à part.*

Je renais!

INEZ.

J'ai compris, en le connaissant mieux,
Que c'était à mon bien qu'il faisait les doux yeux.

FRONTIN, *bas à Géronte.*

Que vous avais-je dit?

MARINETTE.

Fi! l'âme intéressée!

INEZ.

Et vers un autre amour j'ai tourné ma pensée.
Un homme...

FRONTIN, *de même.*

Ecoutez-bien.

GÉRONTE.

J'écoute.

INEZ.

D'âge mûr...

FRONTIN.

C'est vous.

GÉRONTE.

Tais-toi!

INEZ.

Brûlait pour moi d'un feu plus pur.

MARINETTE.

Son nom?

INEZ.

Je n'ose pas...

GÉRONTE.

Le cramoisi me monte
A la figure!

MARINETTE.

Allons...

GÉRONTE.

Je frissonne.

INEZ.

Géronte!

GÉRONTE.

Je suis au paradis! aux anges!

FRONTIN.

Est-ce clair?
Cent écus.... Trouvez-vous que mon chapeau soit [cher?

GÉRONTE.

Frontin! mon seul ami!

FRONTIN, *à part.*

Je vais dire à mon maître
Que pour jouer son rôle il est temps de paraître.

INEZ.

Géronte, mon tuteur, qui sera mon mari,
Et qui, seul, maintenant règne en mon cœur guéri.

GÉRONTE.

Pauvre petit bouchon, va!

MARINETTE.

La chose est certaine,
On ne sait pas aimer avant la soixantaine.
Où l'aurait-on appris? au collége?

GÉRONTE.

Bien dit,
Ma fille! Qui vient là? C'est Valère! Ah! bandit!

FRONTIN.

Calmez-vous...

GÉRONTE.

Mais il va parler à ma pupille!

FRONTIN.

Eh bien?

GÉRONTE.

Comment! eh bien? Tu m'échauffes la bile!

FRONTIN.

Vous parlez en tuteur, et vous êtes l'amant;
Les rôles sont changés!

SCÈNE XIV.

LES MÊMES, VALÈRE.

INEZ.

Valère, en ce moment,
Ici!

VALÈRE, *feignant de ne pas voir Géronte, pendant toute la scène.*

Rassurez-vous; je ne suis plus le même;
Je ne viens pas vous dire, Inez, que je vous aime:
Mon cœur est revenu de ces frivolités.

INEZ.

En me parlant ainsi, monsieur, vous m'enchantez.

VALÈRE.

Je ne veux pas lutter contre un oncle adorable...

INEZ.

Adoré!

FRONTIN, *à Géronte.*

Vous voyez.

VALÈRE.

Mille fois préférable
A son neveu...

GÉRONTE.

C'est vrai.

VALÈRE.

Qui n'a que ses vingt ans...

MARINETTE.

Mérite qui décroît et passe avec le temps.

GÉRONTE, *à Frontin.*

Cette fille a du sens.

FRONTIN, *à Géronte.*

Continuons l'épreuve.

VALÈRE.

Vous épousez Géronte?

INEZ.

Oui.

VALÈRE.

Je sais une veuve,
Belle de deux maisons et de cent mille francs;
Quels yeux à ses appas seraient indifférents!

INEZ.

C'est un fort bon parti : faites ce mariage.

GÉRONTE.

Le monde va finir; mon neveu devient sage!

VALÈRE.

Cet hymen m'enrichit, et j'en veux profiter,
Comme tout bon neveu le doit, pour acquitter,
Sans y jeter les yeux, les comptes de tutelle
De mon oncle.

GÉRONTE.

C'est grand!

INEZ.

Une femme peut-elle
Abandonner ses biens à l'époux de son choix?

VALÈRE.

Assurément.

INEZ.

Je cède à Géronte mes droits.

GÉRONTE.

Ah! quel beau trait!

FRONTIN.

Fort beau!

INEZ.

Mes deux fermes en Brie,
Mes terres au soleil, tant en bois qu'en prairie,
Mes rentes, ma maison sur le pont Saint-Michel,
Mes nippes, mes bijoux...

GÉRONTE.

Poursuis, ange du ciel!

INEZ.

J'en veux faire présent à Géronte.

VALÈRE.

J'approuve
Ce dessein.

GÉRONTE.

Cher neveu!

INEZ.

Si mon tuteur me trouve
Digne d'être sa femme, ayant déjà mon bien,
Alors à mon bonheur il ne manquera rien.

GÉRONTE.

Quelle délicatesse!

INEZ.

Et je serai bien sûre,
Étant pauvre, que c'est par affection pure.

GÉRONTE.

Va, je t'épouserai, sois tranquille.

FRONTIN.

Comment
Reconnaître jamais un pareil dévoûment?

INEZ.

Faut-il faire un écrit?

VALÈRE.

Pour qu'elle soit exacte,
De la donation on dresse un petit acte.
Chez un notaire avec deux témoins pour signer,
Marinette et Frontin vont nous accompagner.

GÉRONTE.

Si l'on faisait venir le notaire?

FRONTIN.

Non certe.
On n'instrumente pas sur une place ouverte.

GÉRONTE.

Au théâtre pourtant cela se passe ainsi.

FRONTIN.

Mais nous ne jouons pas la comédie ici.

Ils sortent.

SCÈNE XV.

GÉRONTE, *puis* CHAMPAGNE.

GÉRONTE.

Frontin avait raison : c'est moi qu'elle préfère;
L'oncle bat le neveu! Géronte bat Valère! [peau,
Ils me donnent leurs biens! Grâce à ce vieux cha-
Le monde m'apparaît sous un jour tout nouveau!

CHAMPAGNE, *ivre et chantant.*

Quand, sous la treille,
Une bouteille,
Blonde ou vermeille,
M'a fait asseoir,
Ma foi, j'ignore
Si c'est l'aurore
Qui la colore,
Ou bien le soir.

GÉRONTE, *mettant son chapeau.*

Il est comme une grive au temps de la vendange.
Très-soûl.

CHAMPAGNE.

Bonjour, monsieur.

GÉRONTE.

Hein! Bonjour? C'est étrange?
Faquin, tu me vois donc!

CHAMPAGNE.

Pardieu, si je vous vois!

GÉRONTE.

Pourtant, je suis couvert.

CHAMPAGNE.

Je vous verrais deux fois
Plutôt qu'une, ayant bu; tout homme ivre voit
C'est un fait avéré. [double,

GÉRONTE.

Ce qu'il a dit me trouble.

CHAMPAGNE.

Dieu n'a fait qu'un soleil, et le vin en fait deux...
Heuh!

GÉRONTE.

Je ne me suis pas assez méfié d'eux!
Tu ne peux pas me voir, car je suis invisible.
En vertu d'un chapeau magique.

CHAMPAGNE.

C'est possible;
Mais voici votre dos...

Il lui donne un coup.

Ai-je bien attrapé?

GÉRONTE.

Très-bien

CHAMPAGNE.

Votre gros ventre...

GÉRONTE.

Oh!

CHAMPAGNE.

Me suis-je trompé?

GÉRONTE.

Non pas.

CHAMPAGNE.

Ce coup de pied, ce n'est pas votre tête
Qui le reçoit?

GÉRONTE.

Oh! non! Grands dieux! ai-je été bête!
Je suis dupé, volé, joué comme un enfant!

CHAMPAGNE, *à part.*

Qu'a-t-il donc à pousser des soupirs d'éléphant

GÉRONTE.

On m'a pris cent écus! on m'a pris ma pupille!
A l'assassin! au feu!

SCÈNE XVI.

LES MÊMES, FRONTIN.

FRONTIN.

Quel vacarme inutile!
Ils ne sont pas perdus! Tiens, Champagne! A pro-
[pos,
Devant un homme gris il fallait deux chapeaux;
J'aurais dû vous le dire. Il vous a vu, sans doute?

GÉRONTE.

Puisse le ciel, croulant, t'écraser sous sa voûte!
Filou, galérien, faussaire, empoisonneur!

FRONTIN.

Que de titres, monsieur, vous me faites honneur!

Inez revient avec Valère et Marinette.

Tenez!

SCÈNE XVII.

LES MÊMES, INEZ, VALÈRE, MARINETTE.

GÉRONTE.

D'où sortez-vous?

MARINETTE.

D'un endroit fort honnête.

VALÈRE.

Nous avons fait dresser, chez le tabellion,
Un acte en bonne forme.

GÉRONTE.

Oui? la donation?

VALÈRE.

Non pas; mais un contrat...

GÉRONTE.

Comment!...

VALÈRE.

De mariage,
Entre madame et moi!

GÉRONTE.

J'éclaterai de rage!

VALÈRE.

Nous avons réfléchi que l'amour et l'hymen
Peuvent marcher ensemble en se donnant la main.

GÉRONTE.

C'était moi qu'elle aimait.

MARINETTE.

Femme souvent varie,
A dit un roi de France, et bien fou qui s'y fie!

FRONTIN.

Faites le mouvement de bénir les époux...

GÉRONTE.

Si tu railles encor, je t'éreinte de coups!

MARINETTE.

Valère est si gentil!

GÉRONTE.

Gourgandine! carogne!

CHAMPAGNE.

Monsieur, reprenez-moi.

GÉRONTE.

Que me veut cet ivrogne?
Des calottes? J'en ai!

Il le soufflette.

CHAMPAGNE.

Ma place ou mon argent!

GÉRONTE.

Je t'ai ramassé nu comme un petit saint Jean,
Et t'ai payé fort mal des gages très-minimes?
Comment as-tu gagné cet argent? Par quels crimes?

CHAMPAGNE.

Monsieur, c'était du temps que vous étiez... cocu.

GÉRONTE.

Je te reprends!

CHAMPAGNE.

Oh! si madame avait vécu!

GÉRONTE.

Tais-toi!

MARINETTE.

Ne soyez pas un oncle coriace!
A ce couple charmant, de bon cœur, faites grâce!

GÉRONTE.

Jamais!

INEZ.

Mon cher tuteur, nous vous aimerons bien.

GÉRONTE.

Point!

FRONTIN.

En faveur du but, oubliez le moyen.

VALÈRE.

Mon oncle!

GÉRONTE.

Mon neveu, vous êtes un fier drôle;
Mais je suis un Géronte, il faut jouer mon rôle...
Je pardonne!

TOUS.

Merci.

FRONTIN.

Fais ton rôle à ton tour,
Public, pardonne-nous..... sois oncle..... pour un
[jour.
Accorde tes bravos à cette comédie;
En tout temps et partout elle fut applaudie:
C'est l'oncle et le valet, la pupille et l'amant;
Le sujet qui fera rire éternellement!
Oiseaux de gai babil et de brillant plumage,
Nous différons des geais et des merles en cage.
Les auteurs font pour nous de la prose et des vers,
Mais sans être sifflés nous apprenons nos airs.
Bien que nous n'ayons point pris le nom de Mo-
[lière,
Ne va pas nous traiter de façon cavalière:
Tu nous connais déjà, nous sommes vieux amis,
Et tu peux nous claquer sans être compromis.

FIN.

Imprimerie de Mme Ve Dondey-Dupré, rue Saint-Louis, 46, au Marais.

TOME XVII.

La Femme au salon, c.-v. 2 a. 40
Moustache, c.-v. 3 a. 40
Droits de la Femme, c.-v. 1 a. 30
M. de Coyllin, c.-v. 1 a. 30
La Pièce de 24 sous, c.-v. 1 a. 30
Fille de l'Air dans son Ménage, 30
Philippe III, tr. en 5 a. 50
L'Orphelin du Parvis, v. 1 a. 40
La Croix de Feu, mél. 3 a. 40
Black le Pêcheur, v. 1 a. 30
[illegible] mée, c.-v. 3 a. 40
L'Escroc du Grand monde, 3 a. 40
Les 3 Dimanches, c.-v. 40
Les Chiens du St.-Bernard, 5 a. 50
La Figurante, op.-c. 5 a. 50
La Comtesse de Chamilly, d. 4 a. 40

TOME XVIII.

Le Sonneur de St.-Paul, 5 a. 50
Mademoiselle, c.-v. 2 a. 40
Maria Padilla, tr. 5 a. 50
Paul Jones, drame 5 actes par Alexandre Dumas. 50
Le Brasseur de Preston, op. 3 a. 50
Françoise de Rimini, t. 5 a. 40
Lady Melvil, c.-v. 3 a. 40
Tronquette, c.-v. 1 a. 30
Le Discours de Rentrée, v. 1 a. 30
Pierre d'Arrezzo, d. 3 a. 40
Les Coulisses, v. 2 a. 40
Le Marquis en Gage, c.-v. 1 a. 30
Le Puff, r. en 3 t. 40
Claude Stocq, d. 5 a. 50
Jeanne Hachette, d. 5 a. 50

TOME XIX.

Lekain, v. 2 a. 40
Diane de Chivry, dr. 5 a. par Frédéric Soulié. 50
Les trois Bals, v. 3 a. 40
Le Manoir de Montlouvier, 50
Dieu vous bénisse, v. 1 a. 30
Maurice, c.-v. 2 a. 40
Balthilde, d. 3 a. 40
Pascal et Chambord, c.-v. 2 a. 40
Maria, c.-v. 2 a. 40
La Bergère d'Ivry, d. 5 a. 50
Mlle de Belle-Isle, drame 5 a. par Alexandre Dumas. 50
Marie Remond, d.-v. 3 a. 40
Simplette, v. 1 a. 30
Le Plastron, v. 2 a. 40

TOME XX.

L'Alchimiste, d. 5 a. 50
Naufrage de la Méduse, 5 a. 50
Balochard, c.-v. 3 a. 40
La Maîtresse et la Fiancée, 2 a. 40
Marguerite d'Yorck, mél. 4 a. 40
Deux jeunes femmes, d. 5 a. 50
Rigobert, mél.-c. 1 a. 40
Gabrielle, c.-v. en 2 a. 40
La jeunesse de Gœthe, v. 1 a. 30
Emile, v. en 1 a. 30
Le Fils de la Folle, d. 5 a. 50
Il faut que jeunesse se passe, 40
Un vaudevilliste, 1 a. 30
Le Marché de St-Pierre, par Antier et Comberousse. 50
Amandine, c.-v. en 2 a. 40

TOME XXI.

Il était temps! v. en 1 a. 50
L'article [illegible], 1 a. 20
L'Art de ne pas monter sa gar. 50
L'Ange dans le monde, c. 3 a. 40
Christine, 5 a. par F. Soulié. 50
Les chevaux du Carrousel, 5 a. 50
Laurent de Médicis, tr. 3 a. 40
Les 3 Beaux-Frères, v. 1 a. 50
Revue et Corrigée, c.-v. 1 a. 30
Le Loup de Mer, d. 2 a. 40
Christophe le Suédois, d. 5 a. par Joseph Bouchardy. 50
Le Proscrit, d. 5 a. 50
Le Massacre des Innocens, 5 a. 50
Thomas l'Égyptien, v. 1 a. 30
Clémence, c.-v. 2 a. 40

TOME XXII.

Le Château de Saint-Germain, 50
Les Bamboches de l'Année, r. 1 a. 30
Commissaire extraordinaire, 30
Deux Couronnes, com. 1 a. 30
Les Enfans de troupe, c.-v. 2 a. 50
L'Ouvrier, drame en 5 actes, par Frédéric Soulié. 50
Tremb. de terre de la Martini. 50
La Famille du Fumiste, v. 2 a. 40
Les Intimes, v. 1 a. 30
La Madone, d. 4 a. 40
Les Prussiens en Lorraine, 50
Roland Furieux, f.-v. 1 a. 30
Un Secret, dr.-v. 3 a. 40
L'Abbaye de Castro, d. 5 a. 50
La Famille de Lusigny d. 3 a. 40

TOME XXIII.

Vautrin, d. 5 a. 50
L'Ouragan, d.-v. 2 a. 40
Andréa le Médecin, d. 3 a. 40
Les Honneurs et les Mœurs, 40
Les Diners à 32 sous, v. 1 a. 30
Aînée et Cadette c.-v. 2 a. 40
Le Fils du Brave, v. 1 a. 30
Bonaventure, v. 3 a. et 4 t. 40
L'Éclat de Rire, d. 3 a. 40
Cocorico, v. 5 a. 40
Souvenirs de la Marq. de V***. [illegible]
La jolie Fille du faubourg. 40
Le [illegible], c.-v. 1 a. 30
Le Château de Verneuil, d. 5 a. 50
La Maréchale d'Ancre, d. 5 a. 50
Les Pages et les Poissardes, 40

TOME XXIV.

Bouquet Père et Fils, v. 2 a. 40
Le Mari de ma Fille v. 2 a. 30
La Chevrette et la Colombe, 40
Quitte ou Double, c.-v. 2 a. 40
L'argent, la Gloire et les Femmes, v. 4 a. et 5 t. 50
Marguerite, d. 3 a. 40
Paula, d. 5 a. 50
Mon ami Cléobul, v. 1 a. 30
Éthel, d. 4 a. 50
Un Roman intime, c. 1 a. 30
Lazare le Pâtre, d. 5 a. 50
L'École des Journalistes, c. 5 a. 50
Cicily, c.-v. 2 a. 40
Newgate, d. 4 a. 50
Le Père Marcel, c.-v. 2 a. 40

TOME XXV.

L'Hospitalité, v. 1 a. 30
Le Guitarrero, op.-c. 3 a. 50
La Fête des Fous, d. 5 a. 50
La Favorite, op. 4 a. 50
Le Neveu du Mercier, dr.-v. 3 a. 50
Le Perruquier, dr. 5 a. 50
Zacharie, dr. 5 a. 50
Tiridate, c.-v. 1 a. 40
La Bouquetière, dr.-v. 2 a. 40
Jacques Cœur, dr. 5 a. [illegible]
L'École des Jeunes filles, d. 5 a. 50
La Protectrice, c. 1 a. 40
Manche à Manche, c.-v. 1 a. 40
Un Mariage sous Louis XV, par Alexandre Dumas. 50
Fabio le Novice, dr. 5 a. 50

TOME XXVI.

Une Vocation, com.-v. 2 a. 40
La Sœur de Jocrisse, v. 1 a. 40
Van-Bruck, com.-v. 2 a. 40
Le Marchand d'habits, dr. 5 a. 50
Mon ami Pierrot, c.-v. 1 a. 40
La Lescombat, dr. 5 a. 50
Zora, dr. 4 a. 50
Langeli, com.-v. 1 a. 40
Murat, pièce en 3 a., 14 tab. 50
Trois œufs dans un panier, 4 a. 40
Mathieu Luc, dr. 5 a. en vers. 50
Caliste, com.-vaud. en 1 a. 40
L'Aveugle et son Bâton, 1 a. 40
Paul et Virginie, dr. 5 a. 50
Les Enfants Blancs, dr. 5 a. 50
La Voisin, mél. 5 a. 50

TOME XXVII.

Ivan de Russie, tragédie. 50
Le Dérivatif, vaudeville. 40
Un Bas bleu, vaudeville. 40
Les Filets de Saint-Cloud. 50
Lorenzino, drame en 5 act., par M. Alex. Dumas. 50
La Plaine de Grenelle, d. 5 a. 50
La Dot de Suzette, d. 5 a. 50
Amour et Amourette, v. 5 a. 50
Paris le Bohémien, d. 5 a. 50
Les Brigands de la Loire, d. 5 actes. 50
Margot, v. 1 a. 40
Paris la nuit, d. 5 a. 8 t. 50
Emery le négociant, d. 3 a. 50
La Salpêtrière, dr. 5 a. 50

PIÈCES NOUVELLES DU MAGASIN THÉATRAL.

La Dot d'Auvergne, v. 1 a. 40
Claudine, dr. 3 a. 50
L'Hôtel des 4 nations, c.-v. 40
Les Chanteurs ambulants, 3 a. 50
Séducteur et Mari, d. en 3 a. 50
Céline, c.-v. 2 a. 40
Les Pilules du Diable, 3 a. 20 t. 50
Les 2 Brigadiers, vaud. 2 a. 40
Le Roi d'Yvetot, op.-com. 3 a. 50
L'Auberge de la Madone, d. 5 a. 50
Les ressources de Jonathas, 1 a. 40
Davis ou le bonheur d'être fou 50
Halifax, c. 4 a. avec prol. 50
La Belle-Amélie, c.-v. 1 a. 40
Le prince Eugène, 3 a. 14 t. 50
Le baron de Lafleur, c. 3 a. en v. 50
Vision du Tasse, 1 a. en v. 30
La Main droite et la Main gauche, drame en 5 actes. 1 f
Madeleine, dr. en 5 a. 50
Mlle de la Faille, d. 5 a. 9 t. 50
L'Extase, c.-v. 3 a. 50
Le Menuet de la Reine, 2 a. 50
Les Mille et Une Nuits, 4 a. 50
L'Enlèvement de Déjanire, v. 50
Redgauntlet, d. 3 a. avec pr. 50
Le succès, com. 2 en actes. 50
Le palais-royal, la bastille, 1 a. 50
La chambre verte, c.-v. 2 a. 50
Les enfants trouvés, dr. 3 a. 50
La dre nuit d'A. Chénier, mon. 30
Le soleil de ma Bretagne, 3 a. 50
Un mauvais père, d.-v. 3 a. 50
Marguerite Fortier, d. 4 a. 1 pr. 50
La famille Renneville, d. 3 a. p. 50

Brisquet, c.-v. 2 a. 50
Les Grands et les Petits, 5 a. 50
Les Héros du marquis de 7 sous. 50
La jeune et la vieille garde, 1 a. 40
Les 2 Sœurs, c.-v. en un a. 40
Adrienne, vaud. en un acte. 40
Les Fumeurs, c.-v. en 2 a. 50
6,000 fr. de récompense, d. 5 a. 50
Les petites misères de la vie, 1 a. 40
Gloire et perruque, v. en 1 a. 40
Les Demoiselles de St-Cyr. 5 a. 1 f.
Le prisonnier en Sibérie, d. 3 a. 50
Lénore, drame en 5 actes. 50
Quand l'amour s'en va... v. 1 a. 40
Un Secret de famille, d.-v. 3 a. 50
Paris, Orléans et Rouen, v. 3 a. 50
Les Dévorants, c.-v. 2 a. 50
Un Jour d'orage, c. 40
L'Écrin, c.-v. 3 a. 50
Les Bohémiens de Paris, d. 5 a. 50
Pamela Giraud, dr. 5 a. 50
Don Quichotte et Sancho Pança, pièce en 13 tableaux. 50
Une Campagne à deux, c.-v. 1 a. 40
Le Déserteur, op.-com. 3 a. 50
Lucio, drame en 5 actes. 50
Pierre Lanlais, dr. en 5 a. 50
La Croix d'acier, dr. en 1 a. 50
L'Homme blasé, vaud. en 2 a. 50
Louise Bernard, drame en 5 a. par Alexandre Dumas. 50
Stella, drame en 5 actes. 50
L'Ombre, ballet. 30
Le Vengeur, drame en 3 a. 50
Le Théâtre et la Cuisine, v. 50

Les Iles-Marquises, revue en 2 actes. 40
Mémoires de deux jeunes Mariées, vaudeville en 1 acte. 40
L'art de tirer des carottes, 1 a. 40
Une Idée de médecin, v. 1 a. 40
Le Laird de Dumbiky, c. en 5 a. par Alexandre Dumas. 50
La duchesse de Châteauroux, dr. en 4 a. 50
Marjolaine, v. 1 a. 40
Molière au 19e siècle, c. 1 a. 40
Les trois amis, dr.-v. en 3 a. 50
Karel Dujardin, c. 1 a. 40
La Famille Cauchois, c. 5 a. 50
Le Vieux Consul, tr. en 5 a. 50
Champmeslé, c. 1 a. 50
L'Oncle à succession, c.-v. 2 a. 50
Jane Grey, tr. 5 a. 50
Albert Ier, c.-v. 2 a. 50
Gazette des Tribunaux, v. 1 a. 50
Jacques le Corsaire, dr. en 1 a. 50
La Grisette de qualité, v. 3 a. 50
Le Mari à la campagne, c. 3 a. 50
Petits métiers de Paris, v. 3 a. 50
Qui se ressemble se gêne, v. 1 a. 40
Le Rôdeur, dr. 5 a. 50
Paris voleur, vaud. 6 a. 50
Don César de Bazan, dr. 5 a. 50
7 Chateaux du diable fér. 3 a. 50
Le Bal Mabille, c.-v. en 1 a. 40
Un Amant malheureux, v. 2 a. 50
Le maçon et le banquier, 3 a. 50
Calypso, féerie-myth. 3 tab. 50
Les 7 péchés du diable, v. 1 a. 40

L'Épicier de Chantilly, v. 2 a. 50
L'Étourneau, vaud. en 3 act. 50
Le Bachelier de Ségovie, c. 5 a. 50
Un mauvais ménage, dr. 3 a. 50
Aubry le Boucher, dr. 4 act. 50
Les orphelines d'Anvers, d. 5 a. 50
Jeanne d'Arc en prison, v. 1 a. 30
Les Armes du Diable, v. 3 a. 50
Au bord de l'abime, v. 1 a. 50
Inès, dr. en 5 a. 50
Forte-Spada, dr. en 5 a. 50
Les trois loges, c.-v., 3 a. 50
Une bonne réputation, c. 1 a. 40
La Coqueluche du quartr, 1 a. 40
Carrion, folie-vaud. 1 a. 40
Les ruines de Vaudémont 4 a. 50
Notre-Dame des abimes d. 5 a. 50
La Tour d'Ugolin, c.-v. 2 a. 50
Parlez au Portier, v. 1 a. 40
La Bûche au Bois, fér. 16 tab. 50
Le Tricorne enchanté, 1 a. 40
La mère Taupin, vaud. 3 a. 50

CHEFS-D'OEUVRES DU THÉATRE FRANÇAIS, A 40 CENTIMES.

Le Tartuffe, comédie en 5 actes	Athalie, tragédie en 5 actes.	Les Horaces, tragédie en 5 actes.	Les Folies amoureuses, *, *, *.
Andromaque, tragéd. en 5 actes	Hamlet, tragédie en 5 actes.	Le Misanthrope, com. en 5 actes.	Polyeucte, tragédie en 5 actes
Cinna, tragédie en 5 actes.	La Mère coupable, tr. en 5 actes.	Mérope, tragédie en 5 actes.	
Le mariage de Figaro, com. 5 a.	La Mort de César, tr. en 3 actes	Zaïre, tragédie en 5 actes.	
Othello, tragédie en 5 actes.	Le Barbier de Séville, com. 4 act	Britannicus, tragédie en 5 actes	
Le Dépit amoureux, com. 2 act.	Phèdre, tragédie en 5 actes.	L'avare, comédie en 5 actes.	
Mahomet, tragédie en 5 actes.	L'École des femmes, com. en 5 ac.	La Métromanie com. en 5 actes.	
Le Cid, tragédie en 5 actes.	Les Plaideurs, comédie en 3 actes	Le Malade imaginaire, c. en 3 a.	

En vente,

Le 38e volume du **MAGASIN THÉATRAL**, prix 6 francs.

LES

Mystères des Théâtres de Paris

UN VOLUME IN-18, ILLUSTRÉ DE DOUZE GRAVURES SUR BOIS.

Prix 3 francs.

Tomes 26 et 27 DE LA

BIBLIOTHÈQUE DE VILLE ET DE CAMPAGNE,

DEUXIEME ÉDITION DU MAGASIN THÉATRAL. Prix : 3 francs 50 centimes.

Galerie des Artistes dramatiques,

97 portraits en pied des principaux Artistes de Paris, dessinés d'après nature par ALEXANDRE LACAUCHIE, accompagnés d'autant de notices biographiques et littéraires.

PRIX DE CHAQUE VOLUME BROCHÉ : 20 FRANCS.

TOME PREMIER.

	Acteurs.	Auteurs.
1.	Mlle Rachel......	J. Janin.
2.	M. Perrot........	E. Briffault.
3.	M. Deburau.......	E. Briffault.
4.	M. Mélingue......	J. Bouchardy.
5.	Mlle Fanny Elssler	E. Briffault.
6.	Mlle Plessy......	H. Rolle.
7.	M. Duprez........	E. Briffault.
8.	Mme Mélingue....	J. Bouchardy.
9.	M. Achard........	E. Guinot.
10.	Mlle Doze........	E. Briffault.
11.	M. Odry..........	J. T. Merle.
12.	Mlle Fargueil.....	H. Lucas.
13.	M. Francisque aîné.	J. Bouchardy.
14.	M. Lepeintre jeune.	H. Rolle.
15.	Mlle Taglioni.....	J. T. Merle.
16.	Mlle Dupont......	E. Arago.
17.	M. Boutin........	L. Couailhac.
18.	M. Levasseur.....	G. Bénédit.
19.	Mlle Flore........	Dumersan.
20.	Mlle Georges.....	H. Lucas.
21.	M. Joanny........	H. Lucas.
22.	M. Albert........	L. Couailhac.
23.	Mlle Jenny Vertpré	H. Lucas.
24.	M. Montose.......	J. T. Merle.
25.	M. Bocage........	M. Mallefille.
26.	Mlle P. Leroux...	E. Arago.
27.	M. Firmin........	H. Lucas.
28.	M. Rubini........	Chaudes-Aigues.
29.	M. Saint-Ernest..	J. Bouchardy.
30.	Mlle Mars........	E. Briffault.
31.	Mlle Persiani....	Chaudes-Aigues.
32.	M. Menjaud......	H. Lucas.
33.	Mlle Prévost.....	L. Couailhac.
34.	Mlle E. Sauvage..	J. T. Merle.
35.	Mme Damoreau...	G. Bénédit.
36.	M. Lafont........	J. T. Merle.
37.	M. Bardou........	H. Lucas.
38.	M. Beauvallet....	A. Arnould.
39.	M. Alcide-Tousez.	J. T. Merle.
40.	Mme Volnys......	H. Rolle.

TOME DEUXIÈME.

	Acteurs.	Auteurs.
41.	M. Ferville......	J. T. Merle.
42.	M. Volnys.......	H. Rolle.
43.	Mme Guillemin..	Marie Aycard.
44.	Mme Gauthier...	A. Arnould.
45.	M. Lablache.....	Couailhac.
46.	M. Arnal........	E. Briffault.
47.	Mlle Giulia Grisi.	Couailhac.
48.	M. Tamburini...	Chaudes-Aigues.
49.	Mlle Clarisse....	E. Lemoine.
50.	M. Klein	Marie Aycard.
51.	M. Chilly.......	A. Arnould.
52.	Mme Stoltz......	H. Lucas.
53.	M. Moëssard.....	A. Arnould.
54.	Mme A. Thillon..	H. Rolle.
55.	M. Brunet.......	Dumersan.
56.	Mme Albert.....	H. Lucas.
57.	M. Provost......	E. Arago.
58.	Mlle Drohan.....	J. T. Merle.
59.	M. Chollet......	Couailhac.
60.	M. Roger........	Couailhac.
61.	Mlle Anaïs......	J. T. Merle.
62.	M. Vernet.......	H. Rolle.
63.	Mlle C. Grisi	Th. Gautier.
64.	Mlle Desmousseaux.	Couailhac.
65.	M. Mario........	P. A. Fiorentino.
66.	Mme Dorval.....	H. Rolle.
67.	Mme Dorus-Gras.	E. Arago.
68.	M. Régnier......	A. Arnould.
69.	Mlle Mante......	E. Arago.
70.	Mlle Julienne.....	H. Rolle.
71.	M. Lepeintre aîné.	E. Arago.
72.	Mlle Déjazet.....	E. Guinot.
73.	M. Numa	H. Rolle
74.	M. Samson......	A. Arnould.
75.	M. Sainville.....	L. Couailhac.
76.	M. Ligier.......	H. Rolle.
77.	Mlle J. Colon Leplus	E. Arago.
78.	M. Raucourt.....	J. Bouchardy.
79.	M. Bouffé.......	E. Briffault.
80.	M. Fréd. Lemaître	Adolphe Dumas.

TOME TROISIÈME.

	Acteurs.	Auteurs.
81.	M. Clarence.....	Al. Vanauld.
82.	Mme Rossi-Caccia.	Al. Cler.
83.	M. Ravel........	H. Rolle.
84.	Mlle Esther......	H. Rolle.
85.	M. Guyon.......	M. Mallefille.
86.	Mlle Rose Chéri..	Fournier.
87.	M. Leménil......	Al. Cler.
88.	Mme Doche......	H. Rolle.
89.	M. Francisque je.	Paul de Kock.
90.	M. Laferrière....	E. Guinot.
91.	Mlle Fitzjames...	H. Rolle.
92.	Mlle Nathalie....	H. Rolle.
93.	M. Henry.......	Al. Cler.
94.	M. Leménil......	Paul de Kock.
95.	M. Mocker......	Al. Cler.
96.	Me Guyon.......	H. Rolle.
97.	Mlle Mélanie.....	Salvador.
98.	Mlle Désirée Lubize.	

Paris. — Imprimerie de Ve Dondey-Dupré, rue Saint-Louis, 46, au Marais.

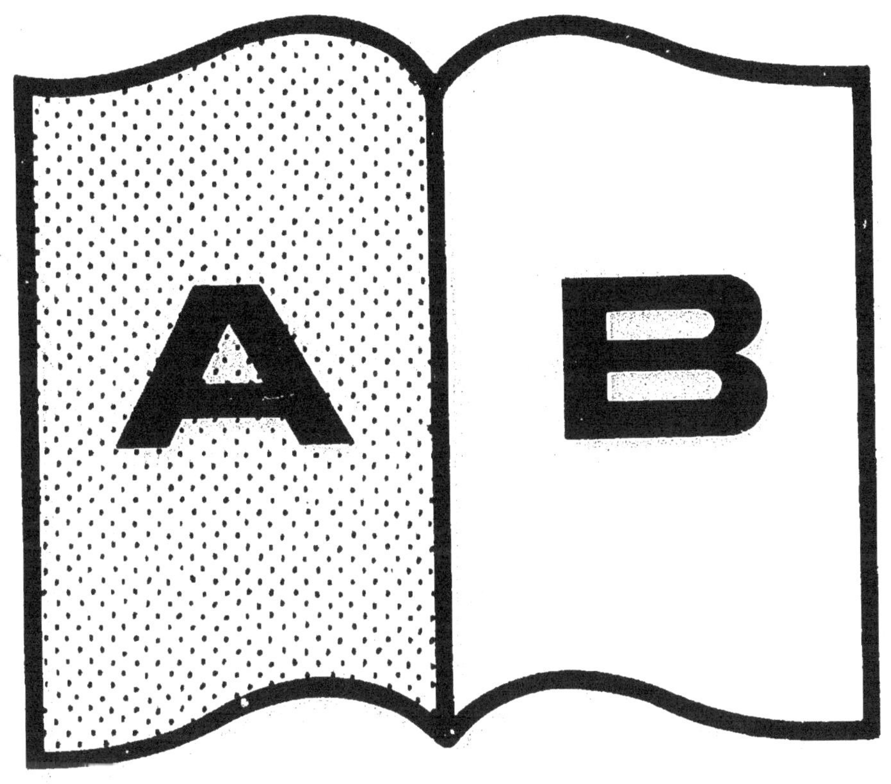

Contraste insuffisant

NF Z 43-120-14

www.ingramcontent.com/pod-product-compliance
Ingram Content Group UK Ltd.
Pitfield, Milton Keynes, MK11 3LW, UK
UKHW020412250726
13967UKWH00006B/2614

9 782012 183322